GW00729096

Fiacla
Mhamó

Fiacla Mhamó

BRIANÓG BRADY DAWSON

• Léaráidí le Michael Connor •

THE O'BRIEN PRESS
DUBLIN

An chéad chló 2001 ag
The O'Brien Press Ltd.
12 Terenure Road East, Rathgar, Dublin 6, Ireland.
Fón: +353 1 4923333; Facs: +353 1 4922777
Ríomhphost: books@obrien.ie; Suíomh gréasáin: www.obrien.ie
Athchló 2003, 2004, 2007, 2009
Cló speisialta do Lá na Leabhar Dhomhanda 2011.

Cóipcheart an téacs Bhéarla © Brianóg Brady Dawson
Cóipcheart an leagan Ghaeilge seo, léaráidí, dearadh clúdaigh agus
leathnaigh © The O'Brien Press Ltd.

ISBN: 978-1-84717-238-9

Gach ceart ar cosaint. Ní ceadmhach aon chuid den saothar seo a
atáirgeadh ná a tharchur ar aon mhodh ná slí, bíodh sin
leictreonach, meicniúil, bunaithe ar fhótachóipeáil, ar thaifeadadh
nó ar aon chóras taiscthe agus athfhála, gan cead i scríbhinn a fháil
roimh ré ón bhfoilsitheoir.

British Library Cataloguing-in-Publication Data
Tá tagairt don teideal seo ar fáil ó Leabharlann na Breataine Móire

6 7 8 9 10
11 12 13 14 15

Faigheann The O'Brien Press cabhair
ón gComhairle Ealaíon

Leagan Gaeilge & Eagarthóir: Daire Mac Pháidín
Dearadh leabhair: The O'Brien Press Ltd.
Clódóireacht: CPI Cox and Wyman Ltd.

Bhí Danny ar bís.
A bhreithlá a bhí ann
agus bhí a Mhamó
ag teacht ar cuairt.
Bhí sí ag fanacht
ar feadh cúpla lá.

Ghlan sé a sheomra codlata.
Chuir sé a liathróid shalach
i bhfolach faoina leaba.
Ansin d'fhan sé
ag an bhfuinneog
ag fanacht lena Mhamó.

'Tá sí tagtha!'
a bhéic Danny.
Rith sé síos an staighre
ar nós na gaoithe.
Ba bheag nár sheas sé
ar a dheirfiúr bheag Síle.

Rug Mamó barróg mhór air.
Bhí sí an-láidir ar fad.

'Beidh cóisir mhór againn
amárach do do bhreithlá,'
arsa Mamó.

'**Go hiontach**!' arsa Danny.

'Is breá liom cóisirí.'

Bhí Danny ar bís.

An oíche sin, thug Mamó
beagán airgid do Danny.
'Go raibh maith agat
as do sheomra
a ghlanadh dom,'
ar sise leis.

'An féidir liom aon rud eile
a dhéanamh duit?'
a d'iarr Danny uirthi
go milis.

'Faigh gloine uisce
do mo chuid fiacla, a stór,'
arsa Mamó leis.

Bhí iontas ar Danny.

Nuair a fuair Danny an ghloine
uisce do Mhamó,
d'oscail sí a béal agus
**thóg sí
a cuid fiacla amach**!

'A thiarcais!' arsa Danny.

D'fhág Mamó an ghloine
ar an tseilf sa seomra folctha
agus chuaigh sí a chodladh.

D'fhéach Danny
ar fhiacla Mhamó
arís is arís eile.
Cheap Danny go raibh siad
ag caint leis.

An chéad mhaidin eile
bhí Danny sa seomra folctha.
Bhí fiacla Mhamó
sa ghloine go fóill.

'Maidin mhaith,'
arsa Danny leis na fiacla.

Bhí Mamaí agus Daidí
sa chistin.
Bhí Síle ag súgradh
ar an urlár.
Bhí Mamó fós ina codladh.

Dhún Danny doras
an tseomra folctha.

Chuir sé a lámh
isteach sa ghloine.

Thóg sé fiacla Mhamó amach.
Bhí siad fliuch agus sleamhain.

Chuir Danny na fiacla
isteach ina bhéal.
'**Soit**!' arsa Danny.
Bhí blas uafásach orthu.

Nigh Danny na fiacla
agus chuir sé
isteach ina bhéal arís iad.

Rinne sé meangadh mór gáire
sa scáthán.

Bhí smaoineamh iontach
ag Danny.

'Tabharfaidh mé na fiacla
ar scoil liom.
Beidh an-spórt agam leo.
Ní bheidh siad
ag teastáil ó Mhamó.'

Thriomaigh Danny na fiacla.
Chaith sé an tuáille
ar an urlár.

Chuir sé na fiacla
isteach ina phóca.

Rith sé amach
as an seomra folctha.

Rug sé ar a mhála scoile agus
rith sé síos an staighre.

'Bí cúramach!'
a dúirt Mamaí leis.
Bhí bricfeasta Mhamó
ar an tráidire aici.
Thit an ubh ar cheann Shíle.

'**Danny**!' a bhéic a Mhamaí.
'Slán agat,' arsa Danny,
agus rith sé
amach an geata.

Bhí go leor páistí sa chlós
nuair a shiúil Danny
isteach ann.
'Féach cad atá agam,'
arsa Danny lena chairde
Marc agus Daire.

Bhrúigh Marc fiacla Mhamó
isteach ina bhéal.
'Is mise Mamó Danny,'
arsa Marc.
Bhí sé an-ghreannmhar.
Thosaigh na páistí ag gáire.

Chuir Danny na fiacla
isteach ina bhéal arís.
Bhéic sé le buachaill beag.
Bhí an-eagla ar an
mbuachaill beag.

'Tabhair domsa iad,'
a bhéic Daire.
Chaith Danny na fiacla chuige.

Bhrúigh Daire fiacla Mhamó
isteach ina bhéal.
'Féach orm! Is coinín mór mé,'
arsa Daire.

Thosaigh na buachaillí ar fad
ag gáire.
Bhí Danny an-sásta
gur thug sé fiacla Mhamó
ar scoil leis.

'An féidir liom iad a thriail?'
a d'iarr Colm Ó Sé air.
'Ní féidir,' arsa Danny.
'Ní cara do mo chuid tú.'

Chuala na páistí
an clog ag bualadh
agus isteach
sa seomra ranga leo.

Ach ní raibh Danny ábalta
fiacla Mhamó a fháil
in aon áit.

'Cá bhfuil fiacla Mhamó?'
a bhéic sé.
'Cé aige a bhfuil siad?'

'Ciúnas!' arsa an múinteoir.

Bhí Danny buartha.
Bhí air fiacla Mhamó
a fháil ar ais.

Chonaic Danny
Colm Ó Sé agus
a chara Tomás
ag gáire.

Chaith Colm na fiacla
chuig Tomás
ach thit siad ar an urlár.

'Cad atá ar siúl ansin?'
a d'iarr an múinteoir.
'Ciúnas anois, le bhur dtoil.'
Chas sí ar an gclár dubh arís.

Tharraing Tomás cic
ar na fiacla.

Shleamhnaigh Colm
faoina bhord.
Chuir sé fiacla Mhamó
isteach ina bhéal.
Rinne sé meangadh mór.
Thosaigh Tomás
ag gáire freisin.

Ach ní raibh Danny ag gáire.
Bhí eagla air
go bhfeicfeadh an múinteoir
na fiacla.

Tharraing Marc na fiacla
ó Cholm agus
chaith sé ar ais
chuig Danny iad.

Ach chonaic Danny
an múinteoir ag féachaint air.
Chaith sé na fiacla ar ais
go han-tapa.

Amach an fhuinneog
leis na fiacla.
Thit siad isteach
i lochán mór uisce sa chlós.
Thosaigh na buachaillí ar fad
ag gáire.

Bhí fearg ar an múinteoir.
Chuaigh sí amach sa chlós
agus fuair sí na fiacla.
'Tá tú i dtrioblóid, Danny,'
a dúirt sí.
'Tá na fiacla seo **briste**.'

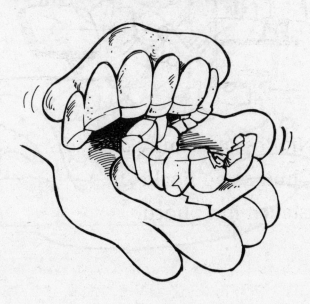

Níor oscail Danny a bhéal.
Chuir sé na fiacla
isteach ina phóca.

Nuair a bhí Danny
ag siúl abhaile,
thosaigh sé ag smaoineamh
ar a chóisir.

'Beidh borgaire agus
sceallóga agam,'
a dúirt sé leis féin.
'Beidh siad go hálainn.'

Bhí Mamó ina suí sa chistin.

Bhí a béal dúnta aici.

Bhí cuma **an-chrosta** uirthi.

Ní raibh fiacla ar bith aici.

Shleamhnaigh Danny
suas an staighre.
Chuaigh sé isteach
sa seomra folctha.
Chuir sé fiacla Mhamó
ar ais sa ghloine.

Chuala Danny duine éigin
ag teacht isteach
sa seomra folctha.

Mamaí a bhí ann.

Bhí sí **an-fheargach**.

'Cathain a bheidh
mo chóisir agam?'
a d'iarr Danny uirthi.

Thóg Mamaí
fiacla Mhamó
amach as an ngloine.

'Cóisir!' arsa Mamaí.
'Is féidir leat
dearmad a dhéanamh
ar do chóisir.
Féach! Tá fiacla Mhamó briste.
Ní bheidh sí ábalta
aon rud a ithe.'

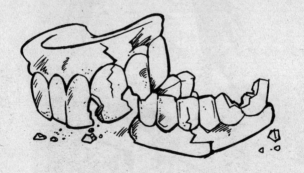

'Beidh ar Mhamó
prátaí brúite a ithe –
cosúil le Síle.
Agus beidh ort
iad a ithe freisin.'

Shuigh Danny ag an mbord.
D'fhéach sé ar na prátaí brúite.
'Is fuath liom
prátaí brúite,'
arsa Danny.

'Ní dhéanfaidh mé
rud mar seo arís!
Ní dhéanfaidh! Ní dhéanfaidh!
Ní dhéanfaidh!'

Ach ceapaim go ndéanfaidh.

Cad a cheapann tusa?

panda series

**PANDA books are for young readers
making their own way
through books.**

O'BRIEN SERIES FOR YOUNG READERS

O'BRIEN panda cubs

O'BRIEN pandas

O'BRIEN panda legends

O'BRIEN flyers

Danny's Smelly Toothbrush

BRIANÓG BRADY DAWSON

• Pictures by Michael Connor •

THE O'BRIEN PRESS
DUBLIN

First published 1999 by The O'Brien Press Ltd.,
12 Terenure Road East, Rathgar, Dublin 6, Ireland
Tel. +353 1 4923333 Fax. +353 1 4922777
E-mail: books@obrien.ie; Website www.obrien.ie
Reprinted 2000, 2003, 2005, 2007, 2010.
This special World Book Day Edition published 2011.

Copyright © Brianóg Brady Dawson 1999
Copyright layout, illustrations © The O'Brien Press Ltd.

ISBN: 978-1-84717-238-9

All rights reserved. No part of this book may be
reproduced or utilised in any way or by any means, electronic
or mechanical, including photocopying, recording or by any
information storage and retrieval system without
permission in writing from the publisher.

7   8   9   10
11   12   13   14   15

A catalogue record for this book is available from
The British Library

The O'Brien Press receives
assistance from

the arts
council
schomhairle
ealaíon

Typesetting, layout, editing: The O'Brien Press Ltd.
Printed by CPI Cox and Wyman Ltd.

For my darling Anna –
thanks for the title

Can YOU spot the panda
hidden in the story?

Danny Brown looked
at his toothbrush.
The bristles were bent
and twisted.
'That brush is no good
anymore,' said Mum.
'Put it in the bin.'

Danny was delighted.
He **hated** brushing his teeth.

'My teeth are
never dirty,' Danny said.
'I always lick them clean.'

Later, Granny came to visit.
She smiled at Danny.
'Look what I've got for you,'
she said.

Granny opened her bag.
She took out a bright, new,
shiny, yellow toothbrush.

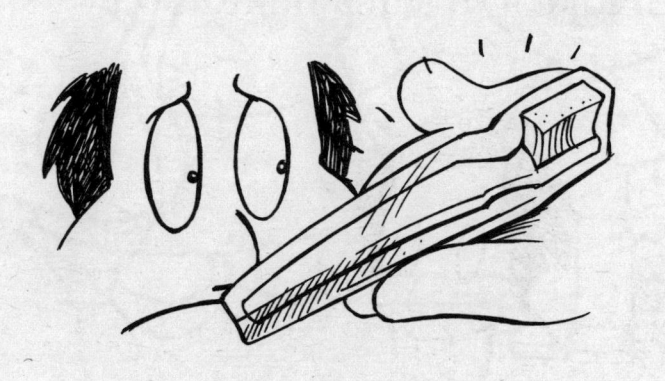

Danny was not pleased.
I'm going to get rid
of this toothbrush,
he thought.

But he smiled sweetly.

'Thanks, Granny,' he said.

'It's so shiny!

I'll take it upstairs right now.'

Danny went upstairs.

He hated his new toothbrush.

He hit the handle on the stairs.

He hit it very hard.

But the handle didn't break.

'Hey you, Hairy Face!'
said Danny.
'I'm going to destroy you.'

Suddenly Danny had a
wonderful idea.
'The loo,' he said.
'I'll flush it down the loo.'

He dashed into the bathroom.
He looked at his
new toothbrush.
'You're dead!' he said.
Danny smiled.
Then he lifted
the toilet lid.

Plop!

The shiny, new toothbrush
fell into the water
with a tiny splash.

Danny closed the lid.
He flushed the toilet.

'Goodbye forever, toothbrush,'
he sang.

He grinned at himself
in the bathroom mirror.
Then, slowly,
he lifted the toilet lid.
He peeped inside.

The new toothbrush was
still there!
It was bobbing about
on top of the water.

'Danny!' Mum was
coming up the stairs.
'Mark and Darren are here.
Time to play!'

'Oh no!' said Danny.
'What do I do now?'

Danny rolled up his sleeve.
He reached into the toilet.
He fished out his
shiny new toothbrush.
'**Yuck**,' he said.

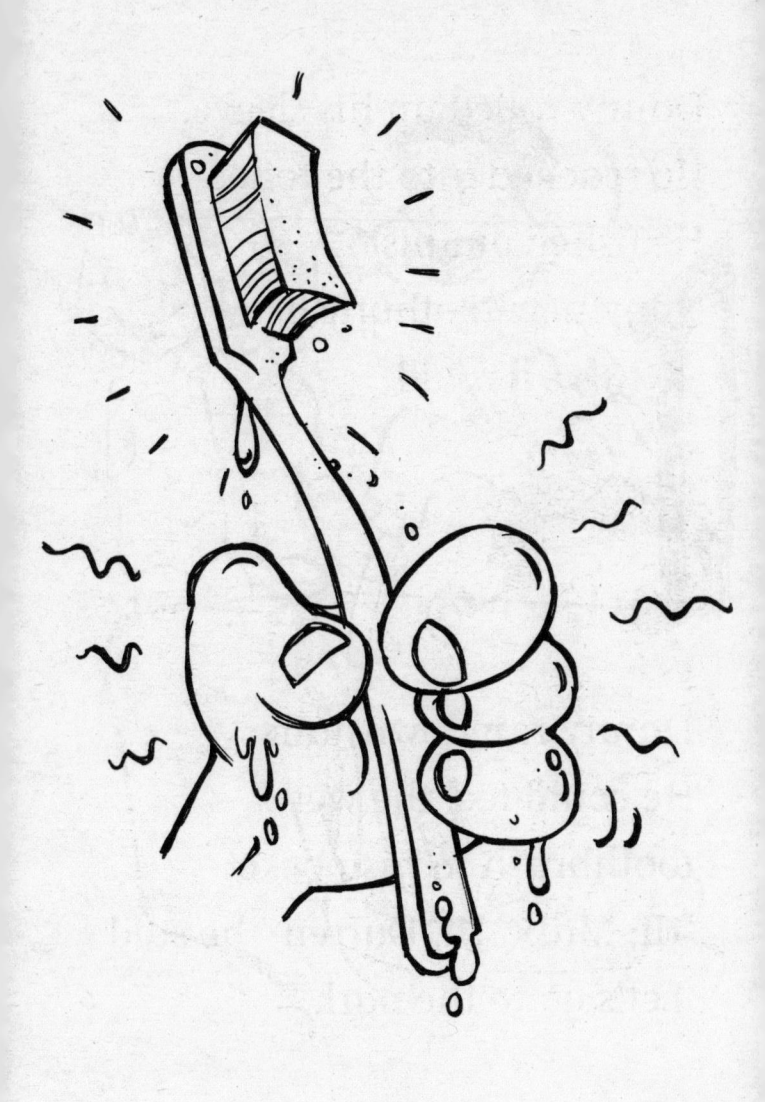

Danny ran downstairs.
He could feel the wet
toothbrush in his pocket.
'Hi, Mark. Hi, Darren,' he said.
'Let's go to the park.'

Then Danny called his dog.
'Come on, Keeno,' he said.
Keeno licked Danny's face –
big wet licks.
'**Yuck**!' said Danny.

Danny and the boys set off.
'Guess what!' said Danny
to his friends.
'I need your help.
I have to **get rid of**
something.'

Darren was excited.
'Sure,' he said.
'What is it?'

'Granny got me
a new toothbrush!' said Danny.
'Mum told her to.
Mum's crazy about
brushing teeth.
I have to do it
every morning
and **every night**.
I'm sick of it!'

Danny took the toothbrush
from his pocket.
'I hate it!' he said.

'It's a monster!' said Mark.

The three boys ran
all the way to the park.
Keeno ran with them.

Then Danny had an idea.
Danny threw his toothbrush
as far as he could.
'Fetch, Keeno. Fetch!' he yelled.

Keeno ran off.
Soon he was back.
He had the toothbrush
in his mouth.
It was wet all over.

Danny, Mark and Darren
had lots of fun with
Keeno and the toothbrush.

Then they got tired.
They sat down.
'Hey!' said Danny.
'Smell my toothbrush now!'

The boys smelled
Danny's brush.
'Yuck!' said Mark.
'Wicked!' said Darren.
He held his nose.
He pretended to faint.
Danny and Mark laughed.

Then Danny had another idea.
'Keeno needs
his hair brushed,' he said.
'Let's use my toothbrush.'

The boys took turns
brushing Keeno's hair with
Danny's new toothbrush!
Soon it was full of dog hair.
'It smells worse now!'
said Mark.

'That's because Keeno
needs a bath!' said Danny.
'Let's go to the pond.'

The pond looked very green.
'This water is filthy!'
said Danny. 'Let's dip
my toothbrush in.'
He dipped his toothbrush
in the pond.
Soon it was covered
in green scum.
'It's the Wicked Pond Monster!'
said Darren.

Danny was having
a great time.
Getting rid of his toothbrush
was **fun**.

Suddenly, Mark saw
someone coming.
'Quick!' he said.
'It's Conor Daly!'
Danny and his friends
turned to go.
Nobody liked the school bully.

But Conor Daly saw them.
'What have you got there,
Danny?' he said.

Conor grabbed the toothbrush.
He laughed.
'That's a lovely toothbrush,
Danny Brown!' he said.
'Did it fall in the pond?'

Danny reached
for the toothbrush.

But Conor gave him a push.
'Not so fast!' he said.
'There's something nasty
on my shoe.'

Then Conor Daly
cleaned his shoe
with Danny's new toothbrush.

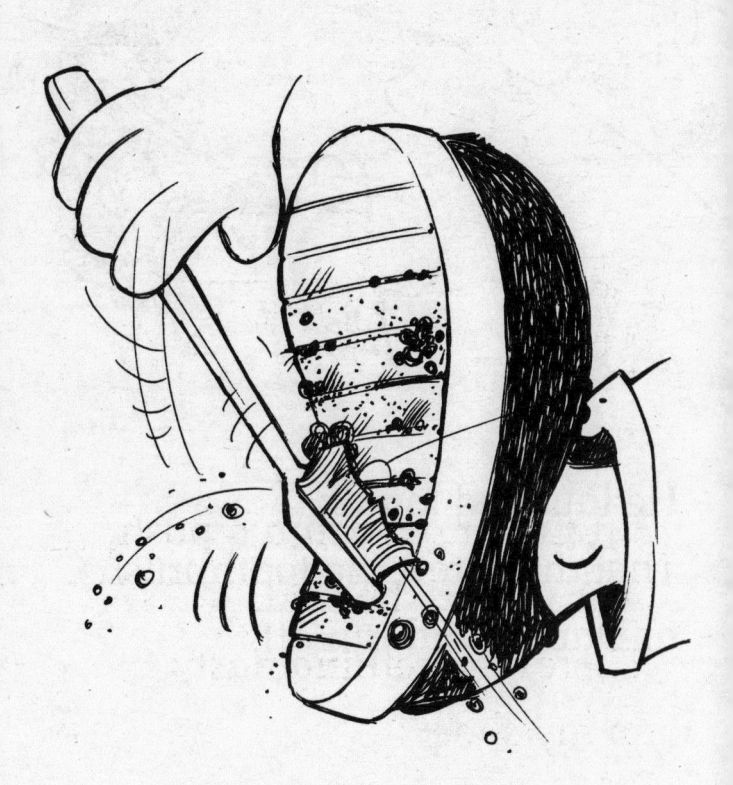

He laughed loudly.
Then he threw the toothbrush
at Danny and ran off.

But Danny was thrilled.
Conor Daly had made a mess
of his new toothbrush –
forever!

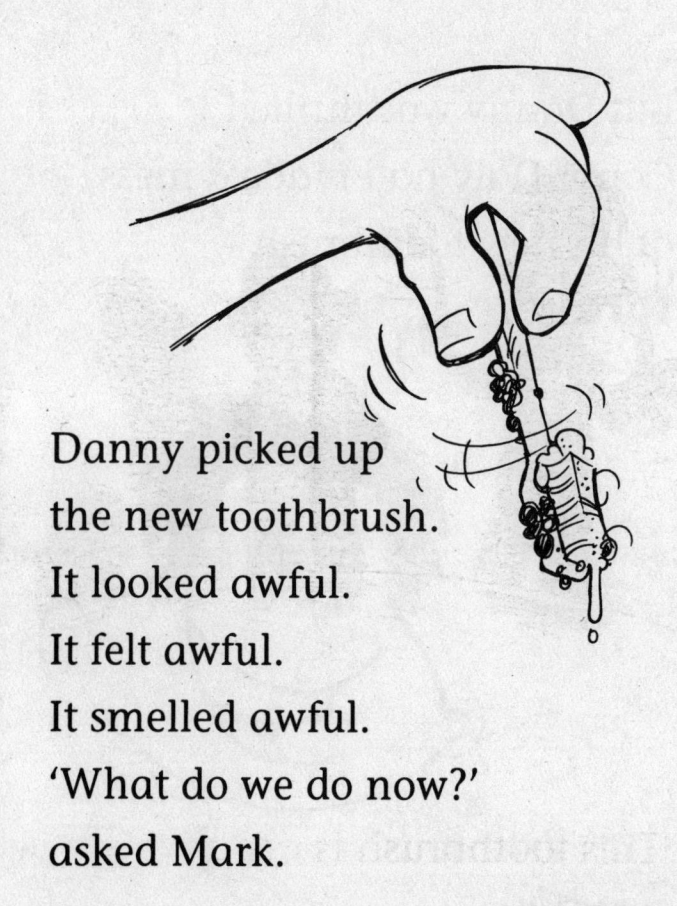

Danny picked up
the new toothbrush.
It looked awful.
It felt awful.
It smelled awful.
'What do we do now?'
asked Mark.

'This toothbrush is dead!'
said Danny.
'We'll have to bury it!'

Danny, Mark and Darren
began to dig a hole.

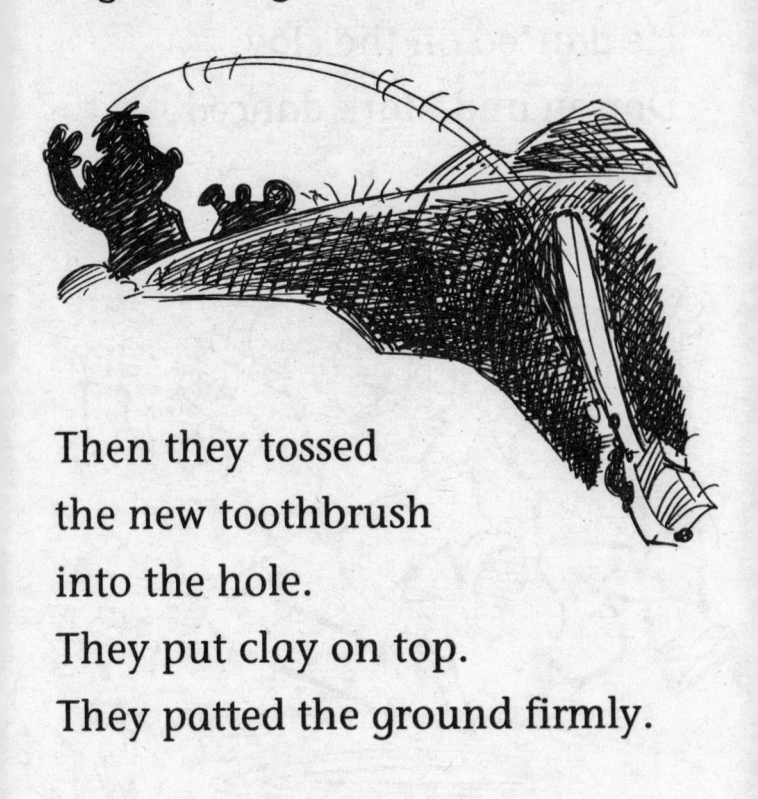

Then they tossed
the new toothbrush
into the hole.
They put clay on top.
They patted the ground firmly.

'**Gone forever**!'
said Danny.
He danced on the clay.
Darren and Mark danced
on it too.

'We have destroyed
the wicked toothbrush!'
shouted Darren.
The three boys cheered.

Danny was delighted.

'It's gone!' he cried.

'Gone. **Gone**. **Gone**.'

Danny would never see
his new toothbrush
again.

'Hello, boys,' called a voice.
Danny looked around.
It was Mum and
Danny's little sister, Susie.

'Just in time!' said Danny
to his friends.

'We've brought a little picnic,'
said Mum. 'Who's hungry?'
'Me! Me! Me!' yelled Danny,
Mark and Darren together.
They all sat down on the grass.

Susie began to crawl.

'Go and explore, Susie,'
said Mum.

'Yes, Susie, give us some peace,'
said Danny.

The boys laughed.

After a while, Mum looked up.
'Susie is digging again,'
she said.
'Susie loves digging.'

Soon Susie came back.
She had something
in her mouth.

Danny couldn't believe his eyes.
'Oh no!' he cried.
'It's my **new toothbrush**!'

Mum took the toothbrush.
'Oh dear!' she cried.
'Your lovely new toothbrush,
Danny! Were you showing it
to your friends?'

Danny looked at
the toothbrush.
He was in trouble now!
He felt sick.

But Mum said: 'Don't worry.
I'll clean it. I've got
a special cleaner.
You'll be able to use it tonight,
Danny! I promise.'

Danny thought of
Conor Daly's dirty shoe.

He thought of
Keeno's dribbles.

He thought of the
dirty pond.

He thought of
Susie's digging.

And then Danny thought of ...
THE LOO!

Danny fell back on the grass.
'I'll never do anything
like this again,' he said.
'Never. Never. Never.'

But I think he will, don't you?
Danny's just that kind of kid.

Well, did you find him?

Danny's Hidden Words

Help Danny to find
these words in the
box below

Bristles
Teeth
Toothbrush
Park
Pond

Monster
Bury
Picnic
Loo
Fetch

m	n	y	u	c	j	w	p	t	h
m	o	n	s	t	e	r	t	w	a
t	e	e	t	h	y	b	u	r	y
z	b	r	i	s	t	l	e	s	p
t	o	o	t	h	b	r	u	s	h
l	x	u	m	m	u	r	h	p	f
o	y	g	p	c	g	b	q	a	e
o	h	p	i	c	n	i	c	r	t
p	o	n	d	w	x	s	k	k	c
c	b	u	z	n	j	j	c	w	h

Based on Danny's *Smelly Toothbrush* by Brianog Brady Dawson
© Copyright reserved. The O'Brien Press Ltd www.obrien.ie

Cá bhfuil fiacla **Mhamó?**